LES CUIRASSIERS

DE REICHSHOFFEN

Strophes dites par M. Coquelin, à la Comédie française,
le 25 octobre 1870.

LES
CUIRASSIERS

DE

REICHSHOFFEN

PAR

ÉMILE BERGERAT

PARIS

ALPHONSE LEMERRE, ÉDITEUR

47, PASSAGE CHOISEUL, 47

—

1870

A

C. COQUELIN

E. B.

LES
CUIRASSIERS
DE
REICHSHOFFEN

I

Nous combattions depuis l'aurore, un contre dix !
— Il fallait de leurs bois déloger ces maudits
    Qui font mentir jusques à la mitraille...
Et nous allions, perçant ces rideaux ténébreux !
Après ceux-ci, ceux-là, toujours ! et derrière eux
    Se reformait l'éternelle muraille

Les turcos, fiers chasseurs aux lions familiers,

Comme on flaire le fauve aux senteurs des halliers,

Dépistaient les canons au fumet de la poudre,

Et rampants, ramassés dans l'ombre, sabre aux dents,

Ils s'accrochaient d'un bond à leurs affûts grondants

    Et, corps à corps, luttaient avec la foudre.

Par des feux inconnus les chênes foudroyés

Tordaient d'horreur leurs bras dépouillés et broyés

    Et s'effondraient au sein de ce cratère ;

Et leurs rameaux, voilant ce spectacle de sang,

Semblaient vouloir cacher au soleil tout-puissant

    L'œuvre de mort que réclamait la terre.

Dans ces débris fumants se frayant un chemin,

Si serrés qu'on eût dit qu'ils se tenaient la main,

Ceux de la ligne allaient... Ah ! je pleure et je prie

Et je tombe à genoux, ô peuple, devant toi,

Toi qui marches, martyr d'une sublime foi,

    A ta semelle emportant la Patrie.

II

Mac-Mahon à cheval, parmi ses généraux,

Laissait courir son âme en ces cœurs de héros ;

Mais, comme dominé d'une angoisse secrète,

Il attendait, les yeux rivés à l'horizon...

Déjà les jeunes gens parlaient de trahison

Devant les vieux guerriers qui parlaient de retraite.

Qu'attendait-il ? Hélas ! celui qui ne vient pas...

(Ah ! déchirez les plans et brisez les compas,

Et par pudeur au moins ne lisez plus l'histoire.)

Grouchy, toujours Grouchy, le traînard du Destin...

Et, lasse de planer, en son vol incertain

Sur les drapeaux vaincus s'abattait la Victoire.

Tout à coup les canons se turent ; tous nos feux

S'éteignirent. O rêve à dresser les cheveux...

Le vent jusqu'au soleil souleva la fumée,

Et l'on vit, bras croisés, pas à pas, sans courir,

Comme si dans sa gloire elle voulait mourir,

Reculer... Qui donc ?... Notre armée !

III

Les cartouches manquaient... Je veux chanter ton nom,

Toi qui te dis vainqueur de notre Mac-Mahon.

Est-ce toi, vieux Guillaume, au sanglant diadème ?

Tes canons maîtrisés ? tes chevaux démontés ?

Est-ce le nombre ? Non, nous vous avions comptés.

Ou toi, forêt complice ? Est-ce la mort ? Pas même.

L'ombre tombait! La lune, au sein du hurlement,

Comme un boulet perdu troua le firmament,

La ligne reforma ses carrés dans la plaine,

Et frémissante encor, l'épée en main, sans bruit,

Tandis que l'ennemi se massait dans la nuit,

Elle tourna les yeux vers son grand capitaine.

Mac-Mahon fit venir ses cuirassiers au pas...

Apprenez-moi des mots qui ne périssent pas!

J'ai besoin... j'ai besoin d'une langue immortelle!...

— Vous voyez, leur dit-il, là-bas, ces mamelons!

C'est là qu'on se repose!... Allez! et soyez longs!...

— Mais, fit le colonel, la route?... où donc est-elle?

— Colonel, répondit Mac-Mahon, la voilà!...

Et quand ce chef la vit, son regard se voila.

— Ah! je comprends, dit-il, je n'ai plus qu'à la faire!...

Combien sont-ils?... — Ils sont sans nombre!... — C'est la mort?...

— Oui! — J'y vais! maréchal, dit-il avec effort;

Voulez-vous me donner la main, car je suis père.

L'homme de Magenta ne la lui donna pas,

Mais il se découvrit, et, prenant dans ses bras

Celui qu'il envoyait mourir, non sans envie,

Il l'embrassa devant l'armée et devant Dieu,

Et, l'immortalisant par ce sublime adieu,

Il lui fit une mort plus belle que la vie.

IV

Heureux ceux qui s'en vont sur des chevaux fougueux,

Par le vent emportés dans les vallons en feux,

Jusque dans le trépas harceler la fortune !

Comme au soleil d'hiver étincelle un glacier,

Sur leurs cols vigoureux les cuirasses d'acier

    Resplendissent au clair de lune.

Qu'ils sont beaux ces guerriers, dans la mort résolus !

Ils volent franchissant les fossés, les talus,

Et leur ombre autour d'eux bondit, flotte et s'allonge ;

Et l'ennemi disait : « Que vont-ils donc oser ?

Quel combat fabuleux viennent-ils proposer ?

Nocturnes cavaliers, font-ils la guerre en songe?... »

Ils la font ! Les voilà. Balayant le terrain,

L'escadron est entré dans la masse d'airain

Comme au lit d'un torrent les neiges en déroute !...

Épaississez vos rangs ! entre-croisez vos fers !

Déchaînez la mitraille !... Ils passent au travers ..

On leur a dit : « Allez. » Ils se taillent leur route.

Bientôt tout se fondit, et l'on ne les vit plus ;

Et le vallon s'emplit d'un mélange confus...

Le regard seul de Dieu les distinguait dans l'ombre...

Ainsi va dans l'orage un vaisseau démâté :

Il plonge, se redresse et surnage, emporté

       Par l'aquillon, tournoie, — et sombre.

Non, ne te voile point, ô lune, éclaire-les !

Tisse-leur un linceul dans tes pâles reflets,

Car demain, reprenant sa course coutumière,

Le soleil envîra ta place en ces tournois,

Honteux de n'avoir pas une seconde fois

Dans le ciel immobile arrêté sa lumière.

Ils avaient été longs, ô Mac-Mahon ! si longs,

Que, lorsque le soleil éclaira les vallons,

Il les trouva déserts au pied du bois paisible,

Et l'ennemi trompé put voir dans le lointain

Marcher dans la rosée, à l'air frais du matin,

Notre armée invaincue et son chef invincible.

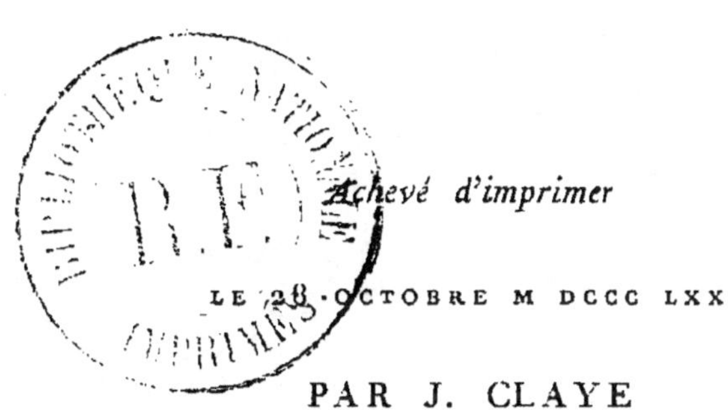

Achevé d'imprimer

LE 28 OCTOBRE M DCCC LXX

PAR J. CLAYE

POUR ALPHONSE LEMERRE, LIBRAIRE

A PARIS